zwijsen

veilig leren Lezen

veilig & vlot • kern 5

eu

neus

beuk

mijn naam is teun.

in de kar zit een deuk.

jeuk	dek	pup
beuk	deuk	hup
reuk	deun	heup
reus	teun	heus
keus	ton	neus

rijm	meer	woon
zit	kijk	zeep
vee	voer	moe
bek	wijs	haak
doen	ren	net

- ik rijm: doen ... boen ... zoen.
- het vee eet voer.
- ik ren ... en ik ben moe.

wim	dik	heet
mes	hoop	boom
week	zijn	oor
baas	waar	zoek
hij	poes	naam

- zijn naam is wim.
- hoe heet hij?
- waar is de baas?

soep	beu	deur
joep	beuk	deuk
jip	bak	dik
hip	wak	dijk
heup	waak	wijk

ik ben het beu!
ik eet mijn soep.
aa, de soep is heet!
ik ren naar de deur.
boem!
mijn heup doet pijn.
hij is dik.
ik neem een boek.
een boek met de naam:
ik ben het beu!

nat	keus	rok
noot	kees	ruk
toon	kus	reuk
ton	zus	keur
teun	zes	zeur

wit	hoek	haas
nek	naar	met
hoor	weet	boon
raam	ben	zoen
veer	dit	beek

ik

dit ben ik.
daar in de hoek.
daar zit ik.
mijn haar is wit.
mijn oor ook.

dit ben ik.
daar bij het raam.
oo, daar is wes!
ik ren!

moer	hijs	wijn
rijk	poen	zeer
waak	bes	men

dik deuk

boem, boem!
daar is hij, dik deuk.

dik deuk is een man.
het is een reus van een man.
met zijn voet maakt hij een deuk.
een deuk in een boom.
een deuk in de boot.
een deuk in het dak.
een deuk in de doos.

boem, boem!
daar is hij, dik deuk.
een deuk in mij?
nee, nee!
ik ren!

juk
jurk — ik dans in een jurk.

ruk
druk — ik druk op de knop.

sap
snap — snap jij de som?

weet
zweet — er zit zweet in mijn nek.

kat
kant — de boot vaart naar de kant.

jok
jokt — nee, jij jokt!

ie

riem

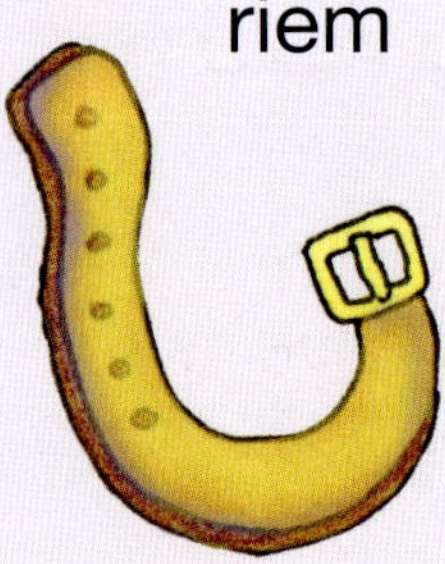

vier

een pier is een dier.

ik zie sien niet!

ziek	put	op
piek	pit	iep
riek	piet	diep
kier	niet	dier
hier	tien	die

bos	voor	kom
tim	wij	zeer
poes	heen	vaas
soep	maar	dek
roos	boem	hem

- ik zet de roos in een vaas.
- is de poes in het bos?
- tim is op het dek.

taak	top	ijs
kook	wen	zoek
hoe	eet	neem
zin	dip	mijn
bijt	toon	raam

- toon eet vaak ijs.
- ik maak mijn taak.
- hoe ver is de top?

ie

wie	jaap	ruk
wiek	jaar	rijk
wak	paar	rijm
bak	pier	riem
beuk	por	mier

jaap en miep

jaap zit bij de beuk.
en miep zit bij hem.
jaap de pier en miep de mier.
pas op, daar is piet!
piet ziet miep niet.
en hij ziet jaap ook niet.
kom, jaap, ren!
jij ook, miep!

zie	vos	heer
ziet	vies	hier
zit	kies	hoor
zoet	kus	koor
doet	kas	keur

tom	raar	koor
min	zoem	rook
neer	tip	maak
boom	vaar	heer
hek	zoon	kijk

heer tom?

tom is een heer.
tom is net.
hij is tip top.

maar ...
is tom in het bos ook een heer?
in het bos is tom net een poes.
kijk, hij is in de boom.
kijk, daar in de top.
tip top?
nee!

wijs	hoes	den
tin	wek	zeem
kop	toos	tem

wie is het?

het is een zij.
zij heet sien.
bij haar is een pier.
zie jij haar hier?

en kijk, daar is een beer.
er zijn dus een beer en een pier.
en weer een dier.
en sien is ook een dier.
haar haar is wit.
wie is zij?

wat voor een dier is sien?

voor vier en zes?

ik roep brit.
maar ik roep kim niet.
kim is vier.
zij kent dit niet.
brit is zes.
zij kent het, heus!
hier brit, jij bent.

daar komt sem.
mag kim niet mee doen?
kom kim, wij doen dit met zijn twee!

l

loop

bel

ik lees een leuk boek.

rol jij de bal naar mij?

lijm	biet	zes
lam	bijt	les
mal	bijl	los
mol	bal	lol
lol	al	hol

dat	weer	op
zoem	raap	teen
dijk	zes	kar
koop	hik	noot
ver	zoon	rok

- ik koop een rok voor kim.
- door de kar doet mijn teen pijn!
- ik raap een noot op.

rij	pan	win
zaak	hees	sem
met	boos	pot
roer	was	ken
vos	haan	dom

- is sem boos op mij?
- ik roer in de pan.
- haan, pas op voor de vos!

wil	jij	tol
wel	rij	tel
wen	rijk	vel
den	rik	ver
dun	ril	vier

ik tel tot ...
let op.
ik tel tot vier.
en dan ben jij nat.
nee, wil jij dat niet?
wel, dat wil jij wel!
let op.
ik tel tot ...
hee, ik ben nat!

vies	leuk	vul
lies	deuk	vol
loes	dak	vos
poes	hak	jos
pas	hoek	los

dan	moet	boon
pop	koos	kat
zet	heer	pit
rijk	rot	men
ton	pas	hijs

koos

ik ben koos.
ik woon in een ton.
ik woon met een kat.
er is ook een pop.

en ... wat raar ...
er is een boon.
maar de boon is rot.

wees	dok	pok
ros	roem	zoen
haak	wat	ven

laat dat!

laat dat, loek!
kom niet aan mijn soep.
ik wil dat niet.
loek, nee!
dat is niet leuk.
loek, pas op!
de soep is ...
heet!

kies
kiest
wie kiest die beer?

reuk
kreuk
pas op, kreuk mijn jas niet!

ril
bril
wat zie jij door die bril?

loop
loopt
teun loopt naar zijn kat.

rap
trap
ik neem de trap.

dop
dorp
woon jij in dit dorp?

ou

touw

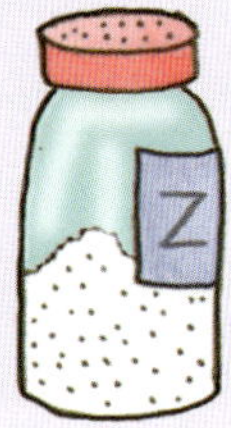

zout

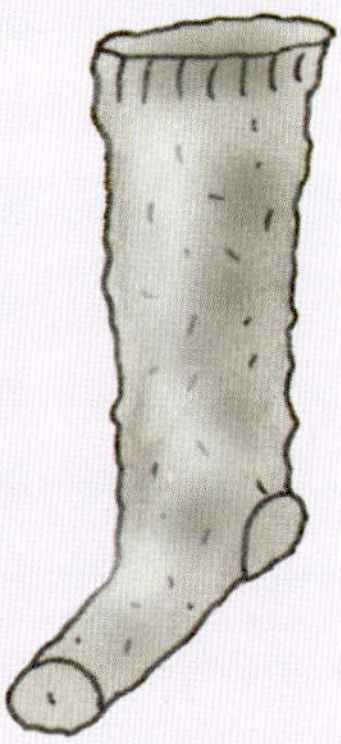

ik bouw een hut van hout.

is jouw kous dik?

hout	koos	bot
hou	kous	bout
nou	kou	bouw
zou	jou	vouw
zout	mouw	touw

hut	zij	pen
baas	hap	voet
wim	reep	tak
boek	hek	som
dun	rat	pijn

- is het boek dun?
- mijn voet doet pijn.
- wim eet een reep ... mmm!

weer	bot	vin
hok	rijp	haan
mees	poot	was
noor	koe	een
das	mop	kus

- de koe likt haar poot.
- ik ken een mop!
- is de haan in zijn hok?

zie	piet	reuk
zou	poot	reu
zout	boot	rij
zat	bout	jij
lat	bouw	jou

wat is er?

toe wout, neem een hap.
wil je de soep niet?
hier, neem wat zout.
nee?
dit is niet leuk!
ik kook voor jou.
maar jij eet het niet.
wat is er?
hou jij niet van de reuk?

hout	touw	kous
hut	wout	keus
put	wou	heus
pot	wie	hijs
top	wiel	hij

sok	koek	bok
win	van	wat
dus	dak	tas
hen	noot	vet
kees	roep	hun

kees zoekt een pan

kees, waar zit je?
ik roep je, maar ik ...
kees, wat doe je daar?
wat zoek je?
een pan?
kees, wat doe je raar.
kom van dat dak!

meen	hop	pek
mot	ras	boos
baan	pijp	ween

in de kou

riet loopt in de kou.
zij rilt.
riet is boos.
ik hou niet van kou!

sam komt met zijn jas.
hier riet, voor jou.
maar die jas is van jou, sam.
dan loop jij in de kou.
oo riet, hou jij de jas maar.
ik hou van jou.

hoe kan dat?

ik bouw een hut van hout.
ik pak een stuk hout.
dat doe ik vier keer.
elk stuk is een kant van de hut.
ik zet het hout vast.
met een moer en een bout.
dan maak ik het dak.

ik ben klaar.
maar ... ik kan er niet in!

uu

3 uur

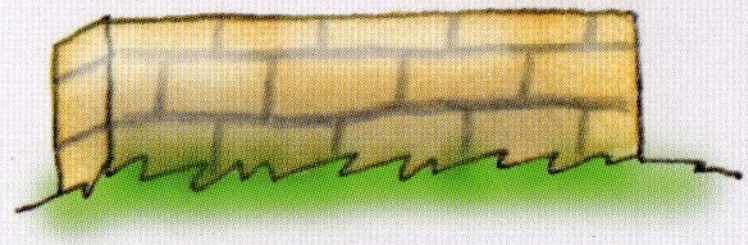

muur

het sap is niet zuur.

tuut, tuut!
ik moet naar het vuur!

vuur	kar	zeur
uur	kuur	zuur
duur	puur	huur
tuur	buur	muur
tuut	beer	mier

vaak	hak	beek
door	jet	zoet
kin	tor	woon
noem	mus	pup
jij	sam	jip

woon jij bij jet en sam?

de mus zit vaak in de boom.

de pup noem ik jip!

jan	eer	kas
rij	pit	nut
waar	jaar	kok
map	hoop	boer
uk	jos	rek

in de peer zit een pit.

hoop jij dat jos er is?

jan is een uk.

duur	kou	zuur
deur	kous	muur
deuk	kies	meer
leuk	kier	weer
luuk	kuur	week

wat doet luuk?

ssst!
lies, kijk!
ik zet de deur op een kier.
daar is luuk weer.
ssst!
wat doet hij?
kijk, daar op de muur.
luuk en lies op de muur.
dat is leuk!

vos	ree	tor
jos	eer	tuur
jas	uur	tuut
sas	huur	tut
suus	hier	put

daar	mep	sap
hoor	kan	mos
ruk	put	boem
tok	beer	jok
man	ham	zit

een beer!

op het mos zit een man.
met wat sap in een kan.
hoor, een beer!

waar is het sap?
waar is de kan?
waar is de heer?

pin	week	puk
mam	kap	mak
waak	doop	vaar

hoe laat?

bim, bam, bim, bam.
het is vier uur.
luuk zou hier om vier uur zijn.
maar hij is er niet.
ik kijk door het raam.
ik tuur en ik tuur.
maar ik zie luuk niet.
hoe kan dat?

bim, bam, bim, bam, bim, bam.
het is zes uur.
daar is luuk.
luuk, waar was jij?
wat?
zou jij hier om zes uur zijn?
en niet om vier uur?
oo!

hem
helm — die helm is heel duur.

luk
pluk — ik pluk een roos voor jou.

vouw
vrouw — de vrouw koopt een jurk.

hal
hals — er zit iets op mijn hals!

keur
kleur — die kleur wil ik op mijn deur.

val
valt — dat valt niet mee!

ik ken:

reuk

eu

l

ik loop.

vier

ie

ik bouw.

ou

muur

uu

- het zit aan de muur en laat zien: tien uur.
- er zit hout in en het is heel heet.
- er zit een deuk in.
- het is een dier en het piept.
- er zit wat zout in en het zit in een kom.
- het is wit en loopt naar het raam.